晴天豬爆笑故事集❷

明天是豬日

矢玉四郎／文・圖
黃薇嬪／翻譯

1 真新聞

我是則安，就讀三年三班，綽號是日日安。

我現在是新聞記者了，了不起吧？

我今天在學校學到了報紙的功能與使命。報紙有各種類型，有的一次印刷上百萬份、發行到全國各地；也有像校園報這類頂多印製五十份的小報。

據說還有像個人誌這種一人編輯的刊物。因此，

我也決定要發行報紙。

話雖如此，如果要花錢影印很多份到處發送，我的零用錢一下子就會花光光，可是我又很希望能讓更多人看到，所以我決定把報紙做成壁報，這樣只要把報導內容寫在一張大紙上再貼到某處就行了。

至於要寫什麼內容，這部分我靈感很多，素材隨處都有，完全不擔心沒有新聞可寫。

於是，我立刻動筆開始寫第一期的報紙。

真新聞

1

則安報社

日本第一健忘

三年三班的吉本同學十分健忘。她已經不知道弄丟幾把雨傘，連筆記本、鉛筆盒、課本也經常忘記，還曾經忘記帶書包。

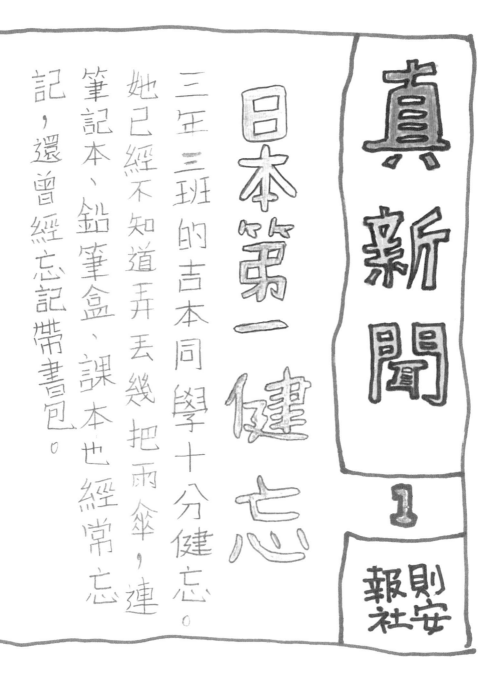

最奇怪的是她連要去遠足這種事情都可以忘記。

遠足當天，大家說好要在車站集合，她卻和平常一樣背著書包去學校，才發現學校裡一個人也沒有。

我家附近有一間小神社，門前有一個布告欄，我決定把壁報貼在那裡。

布告欄上還貼著之前的海報，但是已經褪色，字跡也模糊不清，看不清楚。

沒人會看的布告欄，我用來貼壁報，布告欄也會很高興吧。

我把我的真新聞攤開，用圖釘牢牢固定住壁報的四個角落。

「貼好了。大家會不會來看呢？」

我覺得被看到很難為情，所以壁報一貼好我就轉身回家了。

一想到從今天起我也是新聞記者了，我就覺得幹勁十足。以前我毫不在意走過的路上有什麼東西，現在我都會四處張望，查看有沒有什麼新聞題材。

到了傍晚，我很好奇大家的反應，所以站遠遠的觀察布告欄

真新聞

的情況。可是每個路過的人都只是走過去，連看都沒有看一眼。

「怎麼搞的？你們看一下嘛，內容很有趣喔……」

也有人仔細讀了，卻不是我期待的正面反應。

第二天一早我去學校的路上，順便看了一下布告欄，發現有人拿鉛筆把壁報畫得亂七八糟。

這個布告欄很老舊，木板表面凹凸不平，再加上鉛筆戳刺，我精心製作的壁報就這樣被毀了。

「嗚嗚，到底是誰啦！」

我非常不甘心。至於犯人是誰，沒過多久我就知道了，因為我才踏進教室，吉本同學就瞪著我不放。

「你太過分了！為什麼要寫我的事？」

「啊！原來把壁報畫得亂七八糟的人就是你！」

「我哪有每天都忘東忘西！你上面寫的都不是真的！」她氣呼呼的對我發脾氣。

「不是真的嗎？」

「過分！你太過分了！」吉本同學開始大哭。

全班女生把我團團圍住，痛罵了一頓。

報紙最重要的使命，就是把真相正確的告訴眾人，所以我發行的報紙也刻意取名為「真新聞」。明明寫出真相卻挨罵，我怎麼可能服氣？看來當新聞記者很吃力不討好呢。

可是真新聞才不會因為這點小挫折就退縮。

那天放學回家的路上，正好有一樁車禍在我面前發生，身為記者的我怎麼可能放過這種新聞。

「好，就寫這篇報導吧。」我充滿幹勁的決定後，連忙記下車禍的狀況，回家動筆寫下第二期的真新聞。

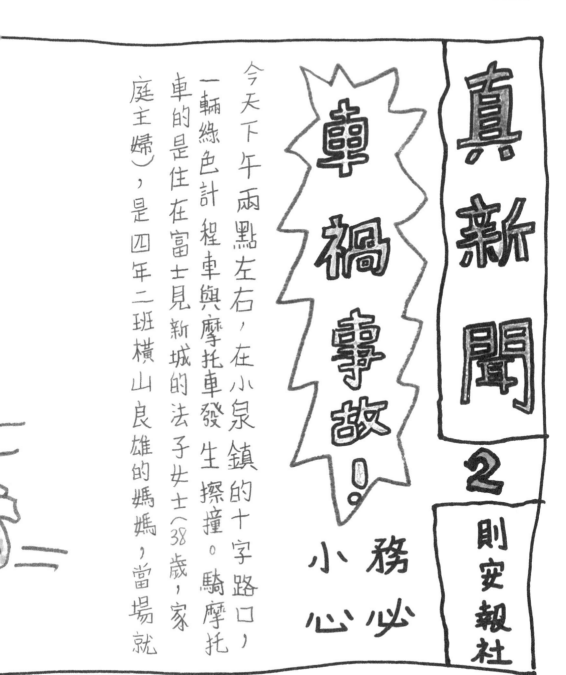

真新聞

2

則安報社

車禍事故！

務必小心

今天下午兩點左右，在小泉鎮的十字路口，一輛綠色計程車與摩托車發生擦撞。騎摩托車的是住在富士見新城的法子女士(38歲，家庭主婦)，是四年二班橫山良雄的媽媽，當場就

被送去醫院，幸好傷勢輕微，直接出院走路回家。

目擊者證詞

那位太太那麼胖，卻騎那麼小的摩托車，搖搖晃晃很危險。

不，有錯的是計程車，都怪司機看到路邊有人招車，突然變換車道才會出車禍。太過分了。

我立刻把第二期真新聞貼到布告欄上。
我覺得自己寫得很不錯，這種就叫做「即時新聞」吧。

我在神社後面玩耍，同時留意著布告欄的動靜。

「哎呀，這不是那邊那個十字路口嗎？真可怕。」

「看樣子是有人亂開車呢。」

大嬸們一邊看著我的報導一邊在聊天，我很想放聲大喊：

「那篇新聞是我寫的喔！」

可是沒過多久，良雄來了，他一把撕下壁報，朝我跑來。

「你為什麼要寫這種事？」

「因為我在發行報紙。」

「報紙就什麼都可以寫嗎？」體型壯碩的良雄朝我逼近。

「我寫的是真相啊！」

「亂講！我媽媽才不胖！」

良雄把真新聞揉成一團，用力塞進我的嘴裡。

「唔……」

「不准你再寫這些有的沒的！」

良雄說完就跑掉了。

「真是的，虧我寫得那麼用心。」

搜尋新聞題材再寫成壁報就已經夠辛苦了，好不容易貼到布告欄上又被人撕掉，我都開始想放棄了。

在學校學到有關報紙的知識時，老師告訴我們，以前要發行報紙沒那麼容易，有時好不容易寫好報導，卻遭到塗改或挨罵。儘管如此，寫新聞的人們仍然持續努力的發行報紙。

我既然都已經開始了，不甘心只出兩期就停刊。不過仔細想想，我可以理解吉本同學和良雄為什麼會生氣，換作是我，就算是真相，我也無法忍受看到報紙上寫著：

十八日早上，則安在吊單槓時挖鼻孔

這些事情叫「隱私」，不能刊登在報紙上。

於是我想到一個好方法。

2 假新聞

晚上的時候，我們全家人一起看電視。等電視劇播完，片尾出現了這樣的字幕：

「本劇內容純屬虛構，劇中出現的人名、團體名稱等，均與實際存在的人物和團體無關。」

我問爸爸那是什麼意思，爸爸說：

「因為電視臺會接到觀眾抗議，說他們盜用自己的故事拍成電視劇，或指正哪裡與事實不符之類的，才要這樣特別說明。」

「但是電視劇演的本來就是假的啊。」

「有些人就是無法分辨戲劇創作與真實世界是兩回事，所以電視臺才會加注警語，聲明劇裡的一切都是虛構，與任何地方的任何人都沒有關係。」

聽到這裡，我想到一個好主意。

我決定不寫真新聞，改寫假新聞，這麼一來，不管我寫什麼，都不會再有人抗議啦。

哈哈，我真聰明。

既然要寫假新聞，我決定亂寫一通。

假新聞

假新聞 1

本篇報導全都是胡說八道

出鬱金香

小A有一顆爆炸頭。她最討厭洗頭，某次她連續十天沒洗頭，頭上居然長出了鬱金香。

她每天勤勞澆水，鬱金香一天天長大，終於開出鮮

頭上開

紅的花朵。

在現在這個季節能夠欣賞到鬱金香，大家都覺得很開心。

我把假新聞第一期貼在布告欄上。

「怎麼樣？大家看到應該會嚇一跳吧。」我心情愉快的想。

沒想到，事情的發展卻不如我的預期，我明明都已經清楚標明是「假新聞」了，但是大家好像都信以為真。

大嬸們站在路邊議論紛紛。

「頭上長出鬱金香，那不是很棒嗎？」

「可是我想要紅玫瑰。」

「如果種番茄的話更好。」

「哎呀，我看你比較適合種青椒吧。」

「太過分了，你才是南瓜頭啦！」

她們討論得很認真，最後甚至吵了起來，越吵越離題。不過，我可以確定她們一定讀過我寫的假新聞壁報。

那篇報導的內容荒謬又奇怪，大家都覺得很有趣，評價也很好，所以壁報就一直張貼在那裡，沒有被撕下來。

沒想到幾天之後，發生了一件驚人的事。

這天我放學回到家，看到客廳裡坐著陌生的阿姨和女孩。

「小安，她們是來找你的。」媽媽對我說。

女孩戴著一頂竹簍造型的高帽子，而那位阿姨朝我鞠躬說：

「謝謝你寫的報導。多虧有你，週刊雜誌來採訪我們，甚至還有電視臺找我們去上節目。」

她說的話我一句也沒聽懂。

「長出來的鬱金香很漂亮喔。」媽媽在一旁插嘴。

「開花了、開花了，鬱金香的花♪」我妹妹小玉也唱起歌來。

彷彿在配合這首歌，那個女孩輕輕拿下帽子，我看到她的頭上開著紅色、白色、黃色的鬱金香。

「哈！搞什麼啊？你們也太扯了吧！」

只見三朵鬱金香從她的爆炸頭裡長了出來。

「的確是裝得很像，但是想騙我，門都沒有。」我假笑一聲，抓住其中一枝花莖，用力一扯。

「啊！好痛！」女孩誇張的尖叫，揮動四肢掙扎著。

我嚇了一跳，連忙放手。

「你動作輕一點啦。」

「小安，你太粗魯了！」

「我、我不管了！」

我看見場面已經失控，便匆匆忙忙的逃離現場。

後來，我聽媽媽說才知道，是一位住在附近的出版社人員看到我的壁報，就在週刊雜誌上刊登了一篇小小的報導，結果引起

話題，後來那個女孩被星探找到，成為藝人，也上了電視節目，所以她們母女是特地過來道謝，還送我們看起來很貴的蛋糕。

我對於整件事情感到莫名其妙，沒想到居然真的有人頭上長鬱金香，該不會其實是我在某處看過類似的故事，只是我忘了？

那這麼一來，我寫的就不是假新聞，而是真新聞了。

怎麼會這樣？

話說回來，之前我推出真新聞時，老是遭到抗議，這次反而有人來感謝我，還送我蛋糕。

嘻嘻，看來發行報紙也是一門不錯的生意呢。

我心情大好，決定再度開始寫假新聞。這次要寫得更荒謬；

如果看起來像是曾經在某處發生過的事情，或是某人的故事，那就不是假新聞了。

寫假新聞讓我非常快樂，我一開始動筆，就算媽媽叫我去吃飯，我也完全停不下來。

我精心製作的第二期假新聞內容是這樣的：

假新聞 2

本篇報導全都是胡說八道

圈人出沒

B先生每天都不吃飯，只吃甜甜圈。某天他的肚子上出現了一個大洞，他變成了甜甜圈人。

他嚇得急忙去看醫生。醫生說如果他繼續吃甜甜圈，那個洞就無法消失。

假新聞

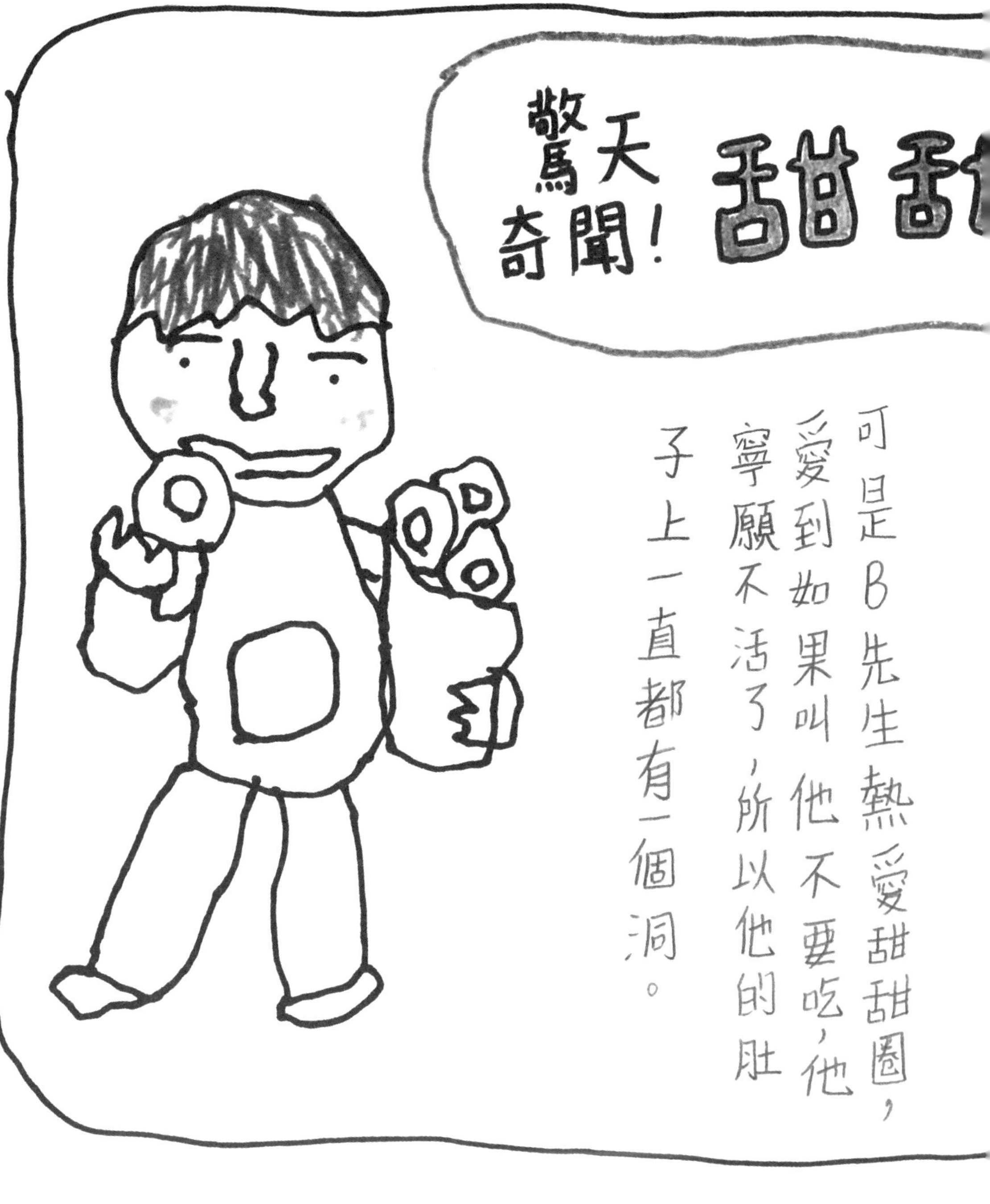
驚天奇聞！甜甜
可是B先生熱愛甜甜圈，愛到如果叫他不要吃，他寧願不活了，所以他的肚子上一直都有一個洞。

最近鄰居們都知道我在做報紙，所以我也不用再偷偷摸摸了。我拆掉被雨淋溼的第一期假新聞，貼上第二期。這時，鎮長林田爺爺走過來對我說：

「這個布告欄因為你的壁報變得很熱鬧呢。」

「可是布告欄好破爛。」

「因為它很老舊了。這座神社以前有一棵神木，被暴風雨吹倒後，一部分就被拿來做成這個布告欄，可以說是神的布告欄。」

「原來如此……」

「我常看你寫的真新聞喔。」

「啊？可是我現在改寫假新聞了。」

「什麼？假新聞？把捏造的謊言貼在布告欄上，這樣好嗎？」

「我沒有要騙人的意思啦，我有清楚標明內容是假的。可是，這些捏造的內容反而成真了。」我晃了晃手中拆下的壁報。

「是嗎？不過大家都看得很開心，所以應該不至於遭天譴吧。竟然是假新聞啊……」林田爺爺喃喃自語著走掉了。

原來這是神的布告欄。

我聽說對這座神社不敬會遭到詛咒。我開始有點擔心了。

可是假新聞第二期十分受到歡迎。

買完菜的大嬸們站在布告欄前閒聊。

「甜甜圈人真有趣。」

「我的肚子上會不會也開一個洞呢？」

「這樣比跳爵士舞還划算，又能夠吃甜甜圈，同時還能夠消肚子。」

聽到她們聊這些沒營養的內容，我覺得她們真的很閒。不過大家看了壁報都笑得很開心，我也很高興，覺得心情很好。

沒想到幾天之後，再度發生怪事。

這天我正打算去書店，就看到一名男子站在布告欄前面。

我朝那個人走近，就看到他突然拿出紅色噴漆噴向壁報。

「啊啊！你在幹什麼！」

我連忙跑過去阻止，對方一看到我，立刻拔腿就跑。

「等等，你站住！」我大喊。

沒想到那傢伙竟然轉向朝我跑來，氣呼呼的問：

「你為什麼要寫那篇報導？」

「啊！又來了，難不成……你是甜甜圈人？」我謹慎的問。

結果那傢伙板著臉對我說：

「少裝蒜了，你是從哪裡知道我的事？我還以為這件事絕對沒有人知道。」

這實在是太誇張了，我不禁放聲大喊：

「這位先生，世界上怎麼可能會有甜甜圈人呢？那是捏造的報導，大家只要看一看、笑一笑就好，不用太認真啦。」

「你在說什麼？我怎麼可能笑得出來？你別講得好像一副事不關己的樣子。」那傢伙的態度也很強硬。

「那你的洞在哪裡？讓我看看啊！」我對他怒吼。

只見那傢伙不發一語，微微掀起他的毛衣下襬。

「很好，我就來瞧瞧你到底是怎麼一回事！」

我朝他的肚臍伸手，打算搔搔對方的肚子，卻發現自己的手好像掉進無底洞，拚命往深處伸都摸不到東西。

「不會吧！」我連忙跳開。

「懂了嗎？你給我看清楚了！」

那傢伙一把掀開毛衣，只見他原本是肚臍的位置上有一個大洞，我可以看見他背後的景物。

「不會吧！竟然真的有！」

他居然是貨真價實的甜甜圈人。

怎麼會這樣？我突然覺得一陣天旋地轉。

「被別人知道我會很困擾……」那傢伙垂頭喪氣的說。

他完全就是我在假新聞裡捏造的怪人。我開始覺得不太舒服，沒想到竟然真的會有這種事。

甜甜圈人交代我無論如何都要替他保密，我答應了之後，我們就各自回去了。

只不過後來也沒有保密的必要了，因為附近開了一家新的甜甜圈店，鎮上到處都會看到寫著「來吃甜甜圈，肚子開個洞？」

的傳單。店面有閃爍的霓虹燈，顯得格外華麗，開幕大特賣也跟廟會慶典一樣熱鬧。

自稱是甜甜圈夥伴的女生店員一邊賣甜甜圈，一邊推出各種促銷活動，包括甜甜圈大使比賽、甜甜圈猜謎，還有套甜甜圈、甜甜圈舞蹈等等，總之應有盡有。

店門前大排長龍，買氣熱絡，人人都買了成堆的甜甜圈，並且一邊吃一邊說：

「我要吃幾個甜甜圈，肚子上才會有洞呢？」

「如果開出大洞，老闆會給獎品，我們得努力吃才行。」

店家甚至徵求好點子，問大家肚子上的洞可以如何利用。

甜甜圈

街上大嬸們一直在聊這個話題。

「肚子上如果有洞，剛好可以塞一個圓形時鐘進去。」

「那倒不如塞魚缸。」

「也對，在裡面養熱帶魚怎麼樣？」

「好主意！肚子裡游著天使魚，真是最棒的裝飾。」

「我要放電視機。」

「哎呀，放冰箱應該更方便吧。」

「可是放冰箱很奇怪吧？把要吃的食物儲存在肚子裡。」

話題似乎越扯越遠了。

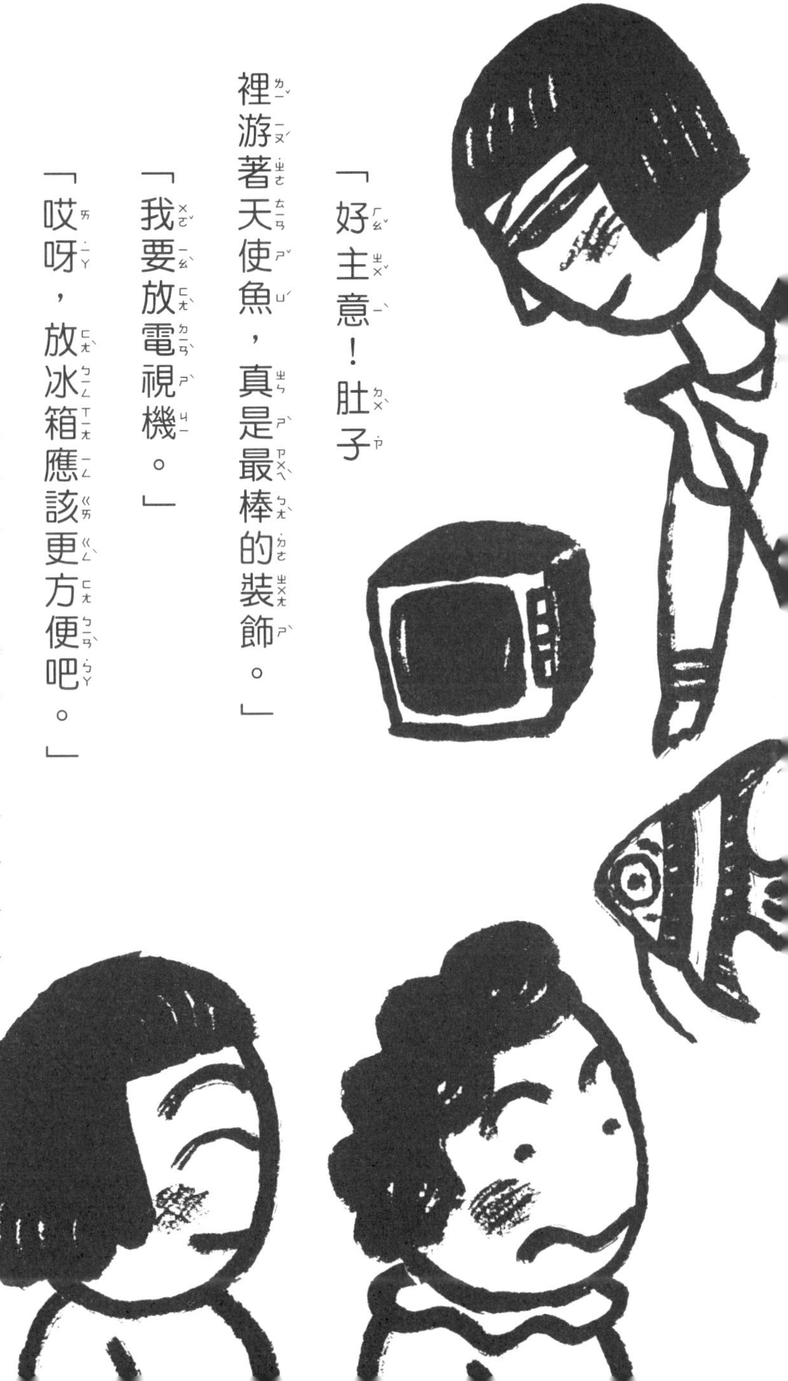

3 豬新聞

我每次出刊就會發生怪事。不管是寫真的還是假的都不行，那我到底該寫怎樣的新聞內容才好呢？

有了！只要寫出比假新聞更荒謬、絕對不可能成真的事情不就好了嗎？對了，還要避免寫跟人有關的事情。

這麼一想，我心中立刻湧出一股衝勁。

我決定不顧一切放手亂寫。

這天我寫到晚上八點，寫完就立刻跑去神社貼在布告欄上。壁報在月光的映照下，看起來像飄浮在半空中。

明天早上看到這張壁報的人會露出什麼的表情呢？應該會嚇得跌坐在地吧，哈哈哈！這次應該不會再有人來找我抗議了，因為我寫的不是某地的某人的某事。

不過，豬可能會嚄嚄叫。

豬月豬日星期豬

豬新聞

本篇報導
只有豬

明天是豬日

明天就是**豬**日。一堆**豬**會嚄嚄叫。我們大家一起學**豬**嚄嚄叫。好**豬**與壞**豬**的區分方式，拍一拍就知道。

豬新聞

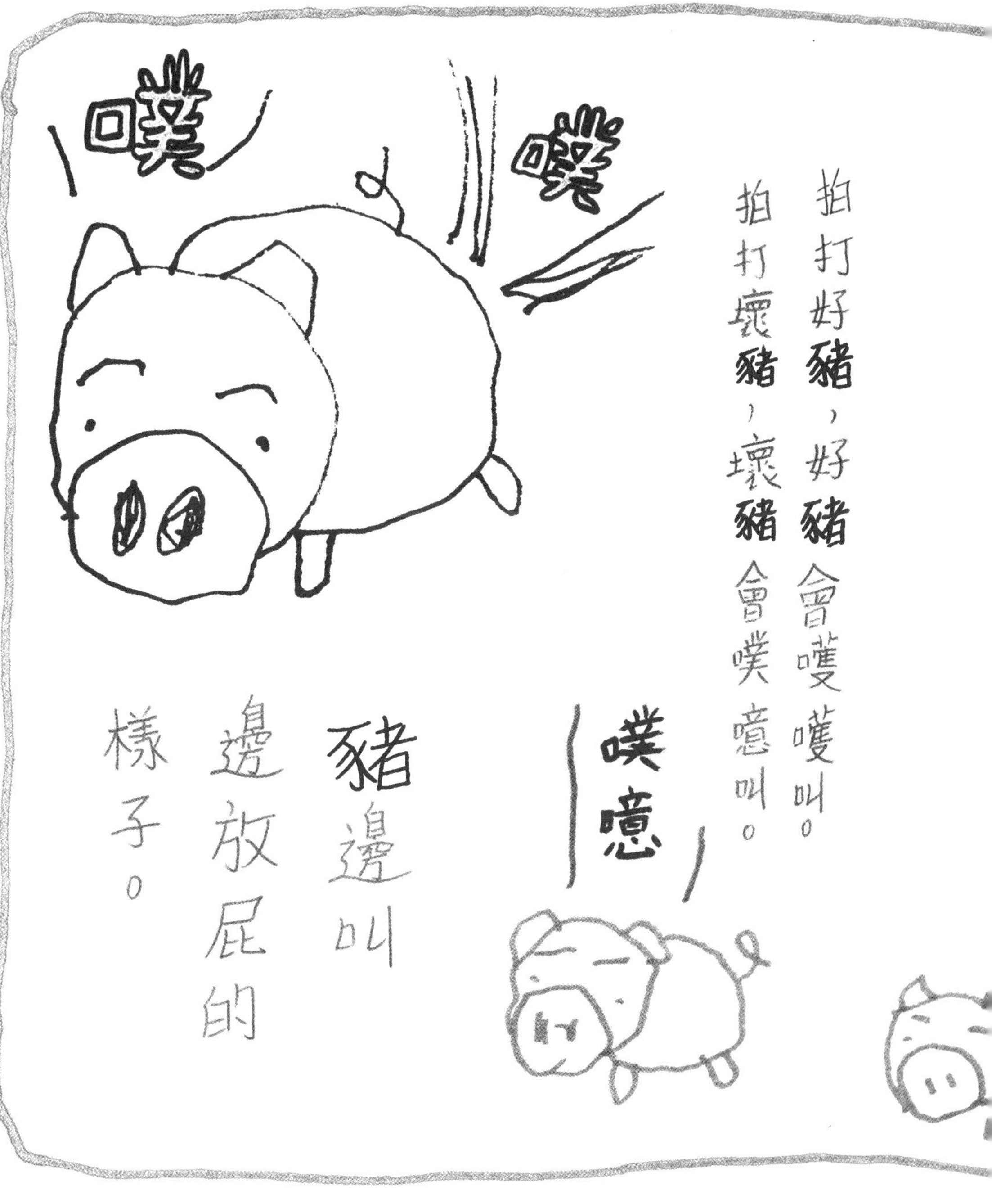
噗
噗
拍打好豬，好豬會嚄嚄叫。
拍打壞豬，壞豬會噗噫叫。
噗噫
豬邊叫邊放屁的樣子。

第二天我一到學校，大家都在討論豬。

「豬要怎麼抓？」

「你家沒有捕豬網嗎？」

「我聽說用水桶也可以。」

哦，看來大家已經看過豬新聞了。沒想到會有這麼多人看，我覺得有點開心。

但是情況似乎有點不太對勁。

到了午休時間，訓導主任透過校內廣播宣布：「明天是豬日，本校放假。抓豬時間是從明日的下午一點開始，兩點結束。請各位好好抓豬。」

我不記得自己寫過抓豬時間。而且學校居然要為了豬日放假，我不認為那位嚴肅的訓導主任會開這種玩笑。

「什麼是抓豬時間？」我問同學。

同學以鄙視的眼神看著我說：

「抓豬時間就是抓豬時間啊，你問的這是什麼問題？」

結果我有問跟沒問一樣，我不禁開始擔心了起來。

看樣子，豬日似乎不是平凡的節日。我知道有豬肉節，就在每個月的十日，豬肉都會賣得比較便宜。

可是，豬日是不存在的節日啊。

放學後，我走在回家的路上，看到附近的大嬸們正站在馬路上閒聊。

「我好期待明天的豬日喔！你們不覺得豬很可愛嗎？」

「我反而擔心牠們不知道會從哪裡冒出來。」

「真傷腦筋，我對豬過敏，一看到豬就渾身發癢。」

我聽著聽著，都快覺得明天好像真的是豬日了。

可是，學校真的會因此而放假嗎？
就連當天晚上的電視新聞也在報導這件事：

「明天就是豬日，豬神社將會舉辦豬慶典，今晚有大批提著豬燈籠的民眾列隊進行罕見的『請豬』活動，邊走邊呼喚豬，期待明天有許多豬出現。孩子們也殷殷期盼著抓豬時間的到來。」

我們什麼時候有豬慶典了？
我跑去問媽媽，卻還是沒有得到答案。
「為什麼明天是豬日呢？」

「當然是因為豬會跑出來，所以叫豬日。如果出現的是牛，那就是牛日；如果出現的是哥吉拉，就是哥吉拉日。」

「那也會有抓哥吉拉時間嗎？」

「豬日怎麼會跑出哥吉拉來？你快去睡覺啦。」

我的腦子變得更亂了。

第二天早上，我在我妹妹小玉的歌聲中醒來。

「彎著腰，彎著腰，豬豬滾下去。飛上去，飛上去，飛到白雲裡♪～」她興奮的唱著不知所云的歌。

我轉頭發現枕頭旁邊有一支網子，只見爸爸咧著嘴賊笑說：

「這是我昨天晚上買的，可以抓到很多豬喔。」

「這不是捕蟲網嗎？用這個怎麼可能抓到豬？」

「這個就夠用了，我們要盡量抓小隻的豬，然後蓋個迷你豬圈來養豬，一定會很有趣。」

他說的話我一句都聽不懂，而且他竟然還這麼悠哉的在家，不去上班真的沒關係嗎？

我走出家門查看外面，附近住家的氣氛也跟星期日一樣悠閒，到處都看得到飄揚在半空中，尾巴被剪掉的鯉魚旗。

「哈，鯉魚旗變成豬旗了。」

這下子真的很有節慶的氣氛，而且學校居然真的放假了。

鎮公所的公務車一邊在鎮上繞行，一邊用擴音器大聲廣播：「抓豬時間是一點到兩點，期間內不供水，請小心火燭。」

這時我看到鎮長林田爺爺穿著華麗的運動服，頭上綁著頭帶，氣勢洶洶的經過我身旁。

「早安，抓豬就是要用這個，哈哈哈！」他看起來格外有幹勁，手上揮舞著一把大到嚇死人的大木槌。

一大早就這麼有精神，那抓豬時間會熱鬧成什麼樣子呢？

我吃完午飯後就做好準備，等著抓豬時間到來。

只見時鐘的指針指到一點，四面八方立刻傳來嗚嗚的號角聲，連佛寺也咚咚咚的敲響大鐘。

「豬要來了。小安，你拿網子，小玉去拿水桶。」

爸爸轉了轉手腕，一副躍躍欲試的模樣。

「喲！來了！」某處傳來一聲大喊。

「呵呵，會從哪裡出現呢？」媽媽在家裡走來走去到處找。

「好，我們上，先從這邊。」爸爸把壁櫥的拉門打開一條縫，就聽到「噗噫！」一聲，有五、六隻小狗大小的豬猛的衝出來。

「出現了！看我的！」

爸爸用力關上拉門，撲向那群豬。

小豬們動作很敏捷，鑽過爸爸的腋下，咚咚咚的逃走了。

「哈哈哈，我失手了。」爸爸笑著說，不知道的還以為他在夜市玩撈金魚。

「壁櫥裡面為什麼會有豬？」我悄悄打開拉門，探頭一看，突然又「噗噫！」一聲，竄出五、六隻小豬。

「哇啊！」

小豬跳過我的頭頂，咚咚咚的又逃走了。

「你用那種姿勢是抓不到的，」爸爸罵我，「再來是衣櫃裡面，準備好網子。」

他從側面拉開抽屜，就聽到「嚄嚄嚄嚄！」的叫聲，個頭比貓還小的小豬仔一隻接著一隻跳出抽屜。

「喂！小安，別發愣啊！快拿網子，網子！」

爸爸抄起座墊追上去，小小的豬仔像老鼠一樣四處逃竄。

「哇啊！快過來！這邊這邊！」廚房傳來小玉的叫聲，我跑過去一看，發現餐具櫃裡也竄出嚄嚄叫的小豬。

「哎呀！出來了、出來了！」媽媽抓著鍋子，正好有兩、三隻小豬跳進鍋子裡，她連忙蓋上鍋蓋。

「噗噫噗噫！」小豬們不停掙扎，弄得鍋蓋喀答喀答作響。

「噫！」媽媽壓不住鍋蓋，小豬們又咚咚咚的逃走了。

「這裡面呢？」小玉打開冰箱門，就聽見小豬嚄嚄叫。

「哇啊！好冰！」從冰箱跑出來的小豬像冰塊一樣冰涼。

照這個情況看來，打開烤箱的話，搞不好會跳出烤乳豬。

「不要每個地方都打開來看比較好吧？」

「你在說什麼傻話？你看，出來了。」

媽媽扭開水龍頭，就看到豆子大小的迷你豬嚄嚄叫著，從水龍頭裡洶湧的跳出，把流理檯水槽塞得滿滿的。

「這是啥？水豬嗎？」

豬從各個角落出現，打開櫥櫃就聽見「噗噫」；打開抽屜就聽見「噗噫噗噫」；衣櫃、窗簾、沙發下也有小豬嚄嚄叫個不停。

從小豬到大豬，各種尺寸都有，數量多到跟蟑螂沒兩樣。

「快抓住牠們！」爸爸大叫。

可是不管我們怎麼抓，這些豬都很會溜，一下就逃掉，一隻都抓不住。

一團混亂的不止我們家，附近鄰居家、馬路上、公園裡，到處都有豬在跑，還有巨豬頂開人孔蓋，接二連三的湧到馬路上。

消防車呼嘯而過，

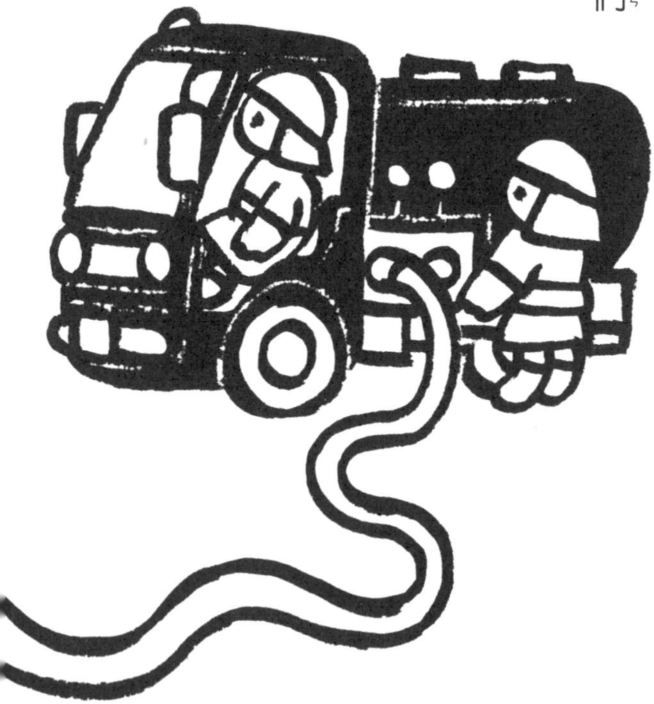

消防員廣播說：「請把豬全部集中在一起，出現在一段的豬集中到鎮上的小學，二段的豬集中到綠色公園。」

消防員抓著的消防水管，裡面也噴出一堆嚄嚄叫的豬。

「哇啊！怎麼會這樣？」消防員也嚇了一大跳，轉身就跑。

豬隻不斷增加，大家都手忙腳亂，完全抓不住那些豬。四面八方都是豬豬豬豬豬，已經搞不清楚牠們是從哪裡冒出來的了。

噗噫噗噫噗噫噗噫！嚄嚄嚄嚄嚄嚄嚄嚄！

豬叫聲吵得我頭痛。

「走開！」我頂開身邊的豬，沒想到豬群反而都朝我擠來。

噗噫噗噫噗噫噗噫！嚄嚄嚄嚄嚄嚄嚄嚄！

大豬用鼻子擠我，小豬撲到我身上。

「哇！救命啊！」

這簡直就是豬地獄，我被一堆豬啃咬推擠，快被壓扁了。

就在此時，四面八方傳來號角聲——

「嗚嗚嗚嗚——」

「現在時間是兩點整，抓豬時間到此結束。」擴音器廣播著。

下一秒，豬群就像被水流沖著走一般，咚咚咚咚的齊步跑向家門外，馬路變成了豬河，豬隻們列隊跑走，一眨眼就消失得一隻都不剩。

「哇啊，好慘喔。小安、小玉，你們沒事吧？」

「啊哈哈，真好玩。」

爸爸和媽媽都在笑。

原來這就是抓豬時間啊……

活動結束得很倉促，我整個人瞬間虛脫，感覺如釋重負。

抓豬時間過後，就是豬慶典。

豬神轎登場，眾人配合著豬歌謠跳著豬舞，大口吃著豬饅頭，享受愉快的一天。

之後的幾天我都過得迷迷糊糊，直到某天我突然仔細思索起豬日的事，才感到毛骨悚然。

該不會是因為我在壁報上寫到豬日，才冒出那些豬吧……

幸好我寫的是豬日，所以活動只有一天就結束了，假如我寫的是豬年，搞不好一整年都會有豬不斷的隨處冒出來。

看樣子我不能再在報紙上亂寫了。

那個布告欄果然有鬼吧？畢竟那可是神的布告欄。

但是……慢著！

我一寫新聞，報導的內容就會成真……嘻嘻，那我不應該寫怪事，嘻嘻嘻，我應該要寫更棒的事才對。

好，就這麼辦！我立刻開始動筆。

假的真新聞

本篇報導全都是捏造的內容，卻會變成真的

休假日增加了

放秋假

真開心

明天起學校放假。校長說，我們有春假、暑假、寒假，卻沒有秋假，未免太奇怪了，所以學校決定增設秋假。

假的真新聞

放假也不用考試，請大家盡情去玩吧。

返校日

則安同學在路上撿到兩百萬元的鈔票，並且誠實送交警察局。失主為了表示謝意，決定贈送則安同學兩百萬元感謝金。

「哈哈！只要把這份報紙貼上去，學校就會放假，也不會有考試，而我就會變成有錢人，嘻嘻嘻！」

我興高采烈的帶著壁報跑去神社，卻倒抽了一口氣。

「不見了！」布告欄不見了。

我瞥見鎮長林田爺爺正在燒柴，仔細一看，發現正在燃燒的不就是那個布告欄嗎？

「啊啊啊！啊……」

「是你啊。之前那個布告欄被豬撞倒了。」

「你、你說豬嗎？」

「對呀，畢竟之前那個布告欄已經腐朽了，被撞倒也很正常。我已經訂製了新的布告欄，做好後，你可以繼續來貼報紙。這次訂做鋁製的，保證堅固。」

「鋁……怎麼可以是鋁製，必須是用神木做的才行！」

「神木已經是很久以前的事了。」

「怎麼會這樣……」

枉費我特地寫了壁報，這下子肯定無法成真了。

但是我說什麼也不肯放棄，跑去把燒剩的布告欄木柴收集起來，釘上釘子，做成一塊小小的布告欄。

「有點醜，但我也沒得選了。」

我把壁報貼上去，果然沒效，因為第二天別說放假了，從第一堂課起就很難熬。但也不是說完全沒效，還是有那麼一丁點的作用，比方說考試延後到下週，還有我撿到了一百元。唉……

過不了多久，新的布告欄做好了，十分閃亮，怎麼看都不適合貼上我的假新聞。

作者的話

挑戰當新聞記者

則安寫過真新聞、假新聞，甚至還有豬新聞，各位認為每天送到自己家裡的報紙，真的每一則都是真實的消息嗎？

經常有人說：「既然上了電視，當然是真的」、「大報社都位在雄偉的大樓裡，一定不會出錯」，這些想法才是要不得的誤會。因為寫新聞的又不是雄偉的大樓，而是一個個跟你一樣的人類，所以自然有可能出錯。甚至有些人分明不是小偷，卻被誤稱為小偷，在報紙上被公開照片或被電視新聞追蹤，發現錯誤後，媒體事後才來道歉說自己搞錯，卻往往已經於事無補。

比較各種新聞就會發現，明明是同一起事件，報導內容卻經常不太相同，想必各位也明白了寫新聞報導有多困難了吧。

那麼，想要知道真相，該怎麼做才好呢？對於八卦流言等不要囫圇吞棗、全盤接受，要用自己的眼睛仔細確認，把自己當成真新聞的記者去審視事物即可。

另一方面，寫假新聞也有不同的難處，畢竟連事件都必須自己憑空捏造，不過這樣很有挑戰性。

你也寫寫看你想報導的新聞吧，不過要是想學則安寫假新聞，記得要注明，還要小心可能變成真的喔……

杉山四郎

晴天豬爆笑故事集②

明天是豬日

あしたぶたの日ぶたじかん

文　　圖　矢玉四郎
譯　　者　黃薇嬪
封面設計　巫麗雪
美術設計　陳姿秀
手寫提供　謝詠歆
特約編輯　劉握瑜
行銷企劃　劉旂佑
行銷統籌　駱漢琦
業務發行　邱紹溢
營運顧問　郭其彬
童書顧問　張文婷
副總編輯　賴靜儀／第三編輯室
出　　版　小漫遊文化／漫遊者文化事業股份有限公司
地　　址　台北市 103 大同區重慶北路二段 88 號 2 樓之 6
電　　話　(02)2715-2022
傳　　真　(02)2715-2021
服務信箱　service@azothbooks.com
網路書店　www.azothbooks.com
臉　　書　www.facebook.com/azothbooks.read
服務平台　大雁出版基地
地　　址　新北市 231 新店區北新路三段 207-3 號 5 樓
電　　話　(02)8913-1005
傳　　真　(02)8913-1056
劃撥帳號　50022001
戶　　名　漫遊者文化事業股份有限公司
書店經銷　聯寶國際文化事業有限公司
電　　話　(02)2695-4083
傳　　真　(02)2695-4087
初版 1 刷　2024 年 7 月
定　　價　台幣 299 元

ISBN　978-626-98653-7-6

國家圖書館出版品預行編目 (CIP) 資料

明天是豬日 / 矢玉四郎文 . 圖 ; 黃薇嬪翻譯 . -- 初版 . -- 臺北市 : 小漫遊文化 , 漫遊者文化事業股份有限公司 , 2024.07
80 面 ; 17×21 公分 . -- (晴天豬爆笑故事集 ; 2)
譯自 : あしたぶたの日ぶたじかん
ISBN 978-626-98653-7-6(平裝)
861.596　　113008448